LETTRE

DE

M. LE D.ᴿ GENDRIN,

MÉDECIN DE L'HÔPITAL DE LA PITIÉ,

A M. DUCOUX,

DOCTEUR-MÉDECIN,

DIRECTEUR DES EAUX MINÉRALES DE CRANSAC (AVEYRON).

BLOIS,

IMPRIMERIE DE FELIX JAHYER.

1847.

LETTRE

DE M. LE D.ᴿ GENDRIN,

MÉDECIN DE L'HÔPITAL DE LA PITIÉ,

A M. DUCOUX,

DOCTEUR-MÉDECIN,

DIRECTEUR DES EAUX MINÉRALES DE CRANSAC (AVEYRON).

BLOIS, IMPRIMERIE DE FELIX JAHYER.

Monsieur et très honoré confrère,

Vous me faites l'honneur de me demander mon opinion sur les eaux de Cransac, dont la direction vous est confiée. Puisque vous y attachez quelque importance, la voici tout entière.

Pour apprécier rationnellement l'utilité qu'on peut retirer, pour la curation des maladies, d'une eau minérale quelconque, il faut tenir compte de trois choses qui concourent à déterminer l'effet d'un agent thérapeutique qui s'administre à doses plus ou moins élevées, d'une manière continue et comme partie intégrante d'une diététique temporaire. Ces trois choses sont :

1.° La position topographique des sources, et,

par conséquent, la réunion des conditions hygiéniques où sont placés les malades pendant leur séjour aux eaux ;

2.º Les qualités physiques et chimiques des eaux, et, par suite l'appréciation de la valeur pharmaceutique des agents qui les composent ;

3.º Les faits cliniques qui fournissent les observations expérimentales sur l'effet immédiat ou médiat des eaux administrées comme remède prophylactique ou curatif. Les gens du monde, beaucoup de médecins, et malheureusement plusieurs inspecteurs d'eaux minérales (vous n'êtes pas de ce nombre), bornent à ces observations empiriques, toujours sans valeur, si l'on ne sait pas les interpréter, leurs études sur les propriétés thérapeutiques des eaux minérales.

§ I.

Les sources minérales de Cransac sont situées dans une vallée où la température élevée de la saison d'été est modéréepar une végétation puissante et par la disposition des montagnes environnantes. Cette vallée est placée à 600 mètres au-dessus du niveau de la mer. L'humidité de l'air y est tempérée par les vents qui soufflent habituellement, durant l'été, du sud-est. On s'y procure facilement une nourriture variée en aliments végétaux et animaux de bonne qualité. Les eaux potables y sont bonnes.

Toutes ces conditions hygiéniques ne sont assurément pas exclusives au climat de Cransac ; elles n'en ont pas moins leur valeur thérapeutique. Elles exercent une très grande influence sur les effets des eaux minérales. Vous savez qu'il suffit souvent de placer dans ces conditions hygiéniques bon nombre de malades pour obtenir une amélioration et même une guérison qu'on n'obtiendrait pas par les seuls agents pharmaceutiques. Je ne doute pas que les bons effets du séjour aux eaux de Cransac ne soient en partie dus à ces circonstances, surtout pour les scrofuleux, les chlorotiques, les malades épuisés par les fièvres intermittentes, par des flux muqueux chroniques, par des hémorrhagies répétées et passives ou par des dyspepsies prolongées.

M. Murat oncle rapporte qu'il a obtenu de bons résultats des eaux de Cransac contre des maladies de poitrine, même dans des cas où il existait des tubercules, et même après des hémoptysies. A le juger par sa courte brochure sur la topographie du territoire d'Aubin et de Cransac, je ne crains pas de dire que M. Murat oncle était un médecin de premier ordre. Cela me disposerait déjà à accorder une grande confiance à ses observations cliniques, malgré les objections de son neveu, qui sont bien faibles. Quand je considère la position topographique de Cransac, quand je la compare à celle de plusieurs eaux minérales dont l'utilité contre les affections chroniques de poitrine, même tuberculeuses, est incontestable, je me rends parfaitement compte des succès que M. Murat oncle a obtenus. Je sais bien que ces succès ont aussi été déterminés par l'usage rationnel des eaux appliqué avec mesure et réglé avec sagacité ; je sais bien qu'ils n'ont pu l'être que sous la direction d'un homme très habile ; je sais bien, enfin, qu'il serait très dangereux d'envoyer à des eaux actives comme celles de Cransac tous ceux qui ont des affections chroniques de poitrine. C'est parce que la part des soins éclairés du médecin est surtout grande dans des curations de cette nature que je signale particulièrement ces maladies et l'influence qu'un climat comme celui de Cransac peut avoir sur leur guérison, ou au moins sur leur heureuse prolongation dans les cas incurables, qui sont ceux de la plupart des affections tuberculeuses.

Si j'invoquais les observations que ma pratique déjà vieille m'a mis à même de multiplier, je prouverais par des faits qu'on peut guérir des catarrhes pulmonaires chroniques, qu'on peut faire vivre pendant bien des années des phtisiques dont les poumons sont profondément altérés, et qu'on peut arrêter tout-à-fait les progrès du mal, quand il est moins profond, par l'usage bien compris de certaines eaux minérales prises aux sources, pourvu, cependant, qu'on ait le soin de tenir compte de la nature du climat des lieux où se trouvent ces sources. L'action bien dirigée des eaux est beaucoup dans ces cas, mais l'influence du climat est la première condition de succès possible.

L'élévation des lieux d'eaux minérales a des effets immenses. Lorsque vous placez un malade, comme à Cransac ou à Aubin, à 600 mètres au-dessus du niveau de la mer, vous rendez chez lui la circulation beaucoup plus facile; vous activez par conséquent toutes les fonctions des émonctoires et les fonctions assimilatrices. Vous faites ainsi cesser des flux chroniques anormaux; vous réparez des états cachectiques en donnant de l'activité à l'assimilation devenue languissante; vous agissez surtout sur la respiration et sur les sécrétions qui se font par la membrane tégumentaire interne et externe.

Je livre ces remarques à votre sagacité. Vous comprendrez bien que lorsque je signale l'utilité trop peu remarquée des conditions hygiéniques du climat des eaux minérales, je ne me dissimule pas leurs inconvénients. C'est là l'histoire de tous les agents puissants de la thérapeutique, efficaces dans certains cas, nuisibles dans d'autres.

§ II.

La composition des eaux minérales de Cransac a été déterminée par l'analyse de MM. Henri et Poumarède, aussi bien que celle de beaucoup d'eaux minérales qu'on croit bien connaître au point de vue chimique. Il ne faut pas négliger de tenir compte des résultats de cette analyse. Ils font certainement connaître les principaux agents thérapeutiques que les eaux contiennent; il ne faut pas cependant exagérer ces résultats. Les chimistes ne peuvent analyser que les eaux minérales achevées, c'est-à-dire, les eaux qui ont subi leur dernière transformation au contact de l'air; mais ils ne peuvent savoir quel est l'état chimique de l'eau dans ce moment, d'une durée variable, qui sépare l'eau minérale arrivant de la source à l'air libre, de l'eau minérale qui est tombée dans le réservoir depuis quelque temps. Cet état chimique transitoire est pourtant important, car c'est celui de l'eau qu'on boit ou qui arrive dans le bassin où l'on se baigne quand il s'agit d'eaux thermales. Ce travail de transformation de l'eau minérale est tel qu'il détermine souvent des dépôts qui ne se font pas dans les canaux souterrains, tel qu'il produit des dégagements de gaz pour certaines eaux. Il est si puissant, qu'il est des eaux qui sont sulfureuses dans les canaux souterrains et qui ne le sont plus à l'air libre.

Je trouve dans ces remarques, qu'il serait facile d'appuyer par des faits pris surtout dans l'histoire des eaux qui contiennent des sulfates, et les eaux de Cransac sont de ce nombre, l'explication des différences que tous les médecins expérimentés ont remarquées entre l'effet immédiat des eaux prises aux sources et celui des eaux transportées. Il me semble qu'il y aura nécessité d'étudier les eaux de Cransac à ce point de vue.

Vous avez à Cransac deux espèces d'eaux minérales qu'il ne faut pas confondre. Je qualifie les unes, Eaux minérales *ferro-manganésiennes*, et les autres, Eaux minérales *calcaréo-magnésiennes*. Toutes ces eaux sont froides et ne peuvent être administrées qu'en boisson. Pour les donner en bains ou en douches, il faudrait les faire chauffer. Il est probable qu'elles auraient encore, de cette manière, une grande efficacité pour certaines maladies parmi lesquelles les affections cutanées chroniques sont les principales. Vous ferez certainement d'utiles améliorations dans ce sens ; mais je me borne à considérer les eaux de Cransac comme médicament interne.

La source *ferro-manganésienne* principale est la source haute ou forte, les principes minéralisateurs qui y dominent sont le sulfate de manganèse dans la proportion considérable de 1,55 pour mille, et le sulfate de fer dans la proportion de 1,25 pour mille.

Les sulfates de chaux, d'alumine et de magnésie ne se trouvent dans ces eaux qu'en quantité beaucoup moindre ; toutefois, le sulfate de magnésie y est encore dans la proportion assez élevée de 0,99 pour mille.

Les eaux de la source basse ou douce méritent la qualification d'eaux *magnésiennes ou magnésio-calcaires*. La quantité de fer et de manganèse sulfatée y est si petite, qu'elle n'y est plus qu'un principe secondaire, puisqu'elle n'excède pas 0,15 pour mille. Les sulfates de magnésie ou de chaux y sont au contraire dominants, puisque le premier y est dans la proportion de 2,43, et le second dans celle de 2,20. Il faut rapprocher de ces eaux celles de la source basse (Bezelgues), qui ne peut être considérée que comme minéralisée par les sels alcalins, puisqu'elle ne contient ni fer ni manganèse et qu'elle renferme comme principes dominants les sulfates de magnésie et de chaux.

Il est très remarquable que tous les éléments minéralisateurs de ces eaux sont à l'état de sulfates.

Il faut appliquer à ces eaux l'effet dominant des principes qu'elles contiennent en excès. Celles qui sont ferro-manganésiennes ont nécessairement l'action stimulante sur l'appareil circulatoire qui appartient au fer et au manganèse. Les eaux magnésiocalcaires ont nécessairement l'effet que la magnésie et la chaux exercent sur le tube digestif ; c'est par ces agents que ces eaux produisent une action purgative. Indépendamment de cette action immédiate sur l'appareil gastro-intestinal, il n'est pas possible de douter qu'elles n'aient les résultats que l'on obtient de ces médicaments, comme altérants, sur les fonctions assimilatrices et sur les appareils des sécrétions et des excrétions.

Voyons maintenant quelle doit être l'action thérapeutique qui résulte de l'usage de ces médicaments. Cette action doit s'obtenir complète, puisque les sels, étant dissous, sont dans les meilleures conditions d'action par leur pénétration facile dans les secondes voies.

Le manganèse ne se trouve que dans un petit nombre d'eaux minérales. Berzelius l'a rencontré dans les eaux de Carlsbad, et en France, on en trouve dans les eaux de Luxeuil ; mais je ne connais aucune eau minérale qui le contienne en aussi grande quantité que celles de Cransac. La présence de ce métal dans les eaux minérales a cet effet chimique remarquable, de les préserver de toute altération. Vous en avez un exemple dans les eaux de Cransac, qui peuvent être conservées long-temps sans perdre leur limpidité et sans devenir hydro-sulfureuses, ce qui ne manquerait pas de se produire surtout pour les eaux de la source douce de Richard, qui contiennent une matière organique bitumineuse. C'est là un très grand avantage pour l'administration des eaux conservées et transportées à de grandes distances.

Le manganèse a des propriétés médicamenteuses très réelles. Il a été préconisé par Brera contre les diarrhées atoniques. Nous l'administrons souvent à l'état de peroxide comme succédané du fer contre la chlorose et contre les scrofules. Pour ces dernières maladies, nous le regardons comme préférable au fer, lorsqu'il existe des tubercules soit dans les ganglions sous-maxillaires, soit dans les poumons. L'expérience clinique nous a appris qu'on doit regarder le manganèse comme un des médicaments dont on obtient des effets thérapeutiques puissants dans beaucoup de cas, et surtout dans les cachexies muqueuses. Sa présence à l'état de sel soluble dans les eaux de Cransac suffit pour qu'on doive leur reconnaître des propriétés actives exceptionnelles.

Si vous prescrivez l'usage externe des eaux, vous en obtiendrez certainement aussi, à cause du sulfate de manganèse, de bons effets dans les maladies cutanées chroniques, contre lesquelles Kapp, Jadelot, Alibert l'ont prescrit avec avantage, sous la forme de peroxide, c'est-à-dire, sous une forme insoluble qui ne vaut pas le mode d'administration à l'état de sel soluble.

Je n'ai pas besoin de signaler l'utilité qu'on peut retirer du fer administré à l'état soluble dans une multitude de maladies, la science thérapeutique est complète sur ce point : un mot seulement sur le sulfate de fer.

Les eaux qui n'ont guère de principe actif que le sulfate de fer, comme les eaux de Passy, par exemple, sont difficilement supportées dans beaucoup de cas où les préparations martiales sont cependant indiquées, à cause de l'action astringente que ce sel exerce sur le tube digestif. Les accidents dyspepsiques, si communs dans les affections cachectiques, et surtout dans la chlorose, sont ordinairement exaspérés : on est obligé, dans ces cas, de prescrire avec les eaux martiales sulfatées, des boissons alcalines ou des sels alcalins. Les eaux de Cransac n'ont point cet inconvénient; les sels de magnésie qu'elles contiennent les rendent laxatives. Toutefois, comme ces sels sont en petite proportion dans les eaux de la source haute, on conçoit l'utilité de la pratique d'en seconder l'effet par l'usage simultané des eaux magnésiennes. La pratique empirique de Cransac sur laquelle Murat avait raison d'insister devient ainsi tout-à-fait rationnelle. Je voudrais qu'elle fût généralement appliquée.

Je fais un grand usage du sulfate de fer contre les diarrhées atoniques, et surtout contre les diarrhées symptomatiques du rachitis chez les enfants. On ob-

tient aussi de bons effets de ce médicament dans la
seconde période des dysenteries muqueuses. [Dans
ces cas encore, il est souvent utile de seconder l'effet immédiat du médicament martial par les eaux alcalines laxatives, administrées sinon d'une manière
continue, au moins par intervalles. Je suis persuadé
qu'on peut trouver dans les eaux de Cransac le
moyen d'appliquer cette double médication avec les
plus heureux effets.

L'action astringente et tonique des sulfates de fer
et de manganèse peut être augmentée, à Cransac,
par la présence du sulfate d'alumine qui se trouve
aussi dans ces eaux; toutefois, il faut ne pas trop
insister encore sur cet effet astringent du sulfate
d'alumine, si l'on ne veut pas aggraver les accidents
dyspepsiques; c'est encore une indication pour faire
usage de vos eaux magnésiennes qui sont purgatives.

Vous voyez par ces remarques tirées des règles
communes de la thérapeutique rationnelle, que tout
en reconnaissant à vos eaux fortes des propriétés
médicamenteuses très énergiques, je crois qu'il faut
toujours en modérer l'effet par l'usage des eaux magnésiennes, qui contiennent peu de fer et peu de manganèse.

J'arrive maintenant à vos eaux laxatives, elles
doivent surtout leur effet thérapeutique à la magnésie. Leur action est celle des sels alcalins purgatifs. Il

m'a paru évident, par les faits consignés dans les
écrits publiés sur les eaux de Cansac, qu'on administre en général ces eaux à des doses trop élevées.
Il ne me suffit pas de voir des cas de maladie gué-
ris après l'ingestion de ces eaux à doses purgatives
continuées pendant un assez grand nombre de jours;
je ne peux pas méconnaître que s'il est des malades
dont le tube digestif supporte facilement l'usage des
cathartiques suivi sans interruption pendant plusieurs
semaines, il en est aussi beaucoup qui peuvent être gra-
vement incommodés par une médication aussi active,
dont tous les effets énergiques immédiats se font
sur la muqueuse gastro-intestinale et sur les glandes
annexes du tube digestif. Il ne faut pas perdre de vue
qu'un grand nombre, le plus grand nombre peut-
être des malades atteints d'affections chroniques, qui
vont aux eaux, ne peuvent retirer d'utilité du médicament que par son action altérante exercée sur
toutes les fonctions organiques; cette action altérante est toujours affaiblie par la continuité des
évacuations alvines prolongées au-delà du terme in-
diqué par la nécessité de faire cesser des états sa-
burraux chroniques, si communs dans les cachexies.
Le médicament perd d'ailleurs ses effets altérants dès
qu'il cesse d'être absorbé, et il n'est pas douteux
qu'il n'en soit ainsi s'il produit à un trop haut degré,
et pendant trop long-temps, un effet purgatif. Il me

semble donc rationnel de ne faire prendre les eaux qu'à de faibles doses qui permettent d'en continuer l'emploi, sans agir trop énergiquement sur le tube digestif. Il faut, sur ce point, se défier de la disposition qu'ont la plupart des malades à se laisser aller à l'abus des purgatifs, dans la persuasion où ils sont que les efforts immédiats, produits sur le tube digestif, donnent la mesure de l'action curative du moyen pharmaceutique.

Vous me pardonnerez, Monsieur et honoré Confrère, d'entrer dans tous ces détails qui résument les règles d'une bonne administration des eaux minérales de Cransac. C'est que ces règles que vous connaissez aussi bien que moi sont si importantes, que j'ai pensé qu'elles tireraient quelque force de l'opinion d'un praticien qui peut les établir par l'expérience, non seulement de l'effet connu des médicaments dont la composition est déterminée, mais aussi des résultats de l'usage de toutes les eaux minérales laxatives auquel il soumet annuellement beaucoup de malades.

Si l'on veut tirer tout le parti possible des eaux de Cransac, et surtout des eaux magnésiennes, il faut les donner dans la mesure convenable, pour assurer leur effet altérant qui se reconnaît surtout par les changements qui se produisent dans la quantité des excrétions urinaires, cutanées, etc.

La proportion de chaux considérable dans les eaux douces de Cranzac permet d'admettre qu'il peut résulter de leur usage d'importantes modifications dans la nutrition des organes qui contiennent dans leur tissu des molécules calcaires. Je pense que sous ce point de vue, on peut tirer beaucoup d'utilité de ces eaux dans les cas de rachitis, où les os ne contiennent plus qu'une quantité insuffisante de sels calcaires. J'aurais voulu que ce point spécial de thérapeutique eût fixé plus fortement l'attention des praticiens qui ont écrit sur les eaux minérales de Cransac. Permettez que j'appelle sur cet objet toute votre attention.

Il me reste à vous signaler un effet qui doit s'obtenir par les eaux de Cransac, et qui peut être d'une grande importance lorsque les établissements métallurgiques auront acquis tout leur développement dans le département de l'Aveyron.

Vous savez que j'ai découvert, en 1831, qu'on guérit sûrement, sans aucun accident, et avec une rapidité plus grande que par tout autre moyen, les maladies saturnines par la limonade sulfurique. J'ai traité, depuis cette découverte, plusieurs centaines de malades par ce moyen de traitement, sans un seul insuccès, quand j'ai pu administrer l'acide sulfurique étendu, en temps opportun. Vous savez aussi que j'ai prouvé par des expériences décisives, faites dans des établissements d'industrie où l'on travaille le plomb, que l'usage habituel de la limonade sulfurique, à petite dose, joint aux moyens ordinaires de détersion de la peau, suffit pour mettre les ouvriers à l'abri des accidents vénéneux dus au plomb, aux sels et aux oxides de ce métal. La raison de cette médication prophylactique et curative se trouve dans la conversion du plomb en sulfate insoluble, opérée dans l'organisme par l'acide sulfurique. J'ai été conduit à cette découverte par l'efficacité déjà constatée en Allemagne du sulfate acide d'alumine contre les maladies saturnines. Je ne doute pas qu'on ne puisse obtenir le même effet curatif et préservatif contre les maladies saturnines, avec les eaux de Cransac, qui sont minéralisées par des sulfates acides solubles. Il devra résulter de l'ingestion de ces eaux ce qui résulte de l'ingestion, soit de l'acide sulfurique étendu, soit du sulfate d'alumine dissous : les molécules saturniques seront transformées en sulfates de plomb insolubles et inertes.

Si cet effet, que je regarde comme plus que probable, est vérifié par l'expérience, les eaux de Cransac deviendront le contre-poison habituel des ouvriers qui travailleront dans les fonderies des mines de plomb de l'Aveyron, qu'on se propose d'établir. Il suffira, pour en assurer les bons effets, de joindre à l'usage interne des eaux l'usage externe, pour atteindre les particules vénéneuses sur la peau, où elles se déposent en même temps qu'elles pénètrent par les voies respiratoires et digestives.

Cette efficacité que j'attribue, comme presque certaine, aux eaux de Cransac, contre les maladies satur nines, doit être obtenue aussi bien par les eaux fortes que par les eaux douces ; car les sulfates de fer et de manganèse céderont tout aussi bien leur acide aux matières saturnines que les sulfates de magnésie et d'alumine. Toutefois, les eaux douces seraient préférables comme moyen prophylactique, soit à cause de leur action moins stimulante, qui permettrait de les donner avec moins d'inconvénient, comme boisson habituelle, à faible dose, soit à cause de leur effet laxatif qui contribuerait encore à débarrasser les premières voies des matières toxiques qui y auraient pénétré.

Je me propose, de mon côté, de saisir la première occasion pour vérifier par l'expérience clinique avec des eaux transportées, cet effet anti-toxique que ces eaux doivent exercer contre les maladies saturnines.

Les eaux de Cransac puisent leurs principes minéralisateurs dans les minérais sulfureux du sol. Ces minérais sont à base de fer et de manganèse. On ne trouve presque jamais les minérais de fer et surtout les minérais sulfureux, les pyrites en un mot, exempts d'arsénic. Je suis étonné que ce métal n'ait pas été reconnu dans les eaux vénéneuses de Cransac, au moins à faible dose. La présence de l'arsénic pourrait rendre raison de l'effet vénéneux produit par les eaux où les sels de fer se trouvent en proportion excessive.

Pour les eaux minérales dont on fait habituellement usage sans inconvénient, les analyses que vous venez de faire au moyen de l'appareil de Marsh ne permettent pas d'espérer que l'on y trouve de l'arsenic. Je le regrette en quelque sorte. La présence de cet agent précieux rendrait bien compte du succès que vous obtenez dans le traitement des fièvres intermittentes rebelles et des affections chroniques de la peau.

§ III.

Les observations cliniques recueillies sur les effets thérapeutiques des eaux de Cransac, qui sont déposées dans tous les ouvrages publiés sur ces eaux, depuis M. Murat oncle jusqu'au vôtre, sont généralement concordantes. On voit, en les rapprochant, que ceux qui tirent le plus d'utilité de ces eaux minérales sont en général des personnes atteintes de fièvres intermittentes et rebelles, affectées de cachexies produites soit par des hémorragies, soit par des flux chroniques et spécialement par des flux muqueux, ou encore des personnes affectées de maladies cachectiques idiopatiques, comme des scrofuleux, des chlorotiques; nous trouvons aussi dans ces observations des exemples de guérison de dyspepsies chroniques, d'engorgements anciens du foie, de la rate, de rhumatismes, de gouttes atoniques, etc.

Ces heureux effets thérapeutiques des eaux de Cransac ne nous surprennent pas, car ils sont parfaitement explicables dans la curation de la plupart de ces maladies par l'action immédiate que ce médicament exerce sur les sécrétions gastro-intestinales et hépatiques, et surtout par son action médiate sur l'appareil de la circulation, et, par cet appareil, sur toutes les fonctions assimilatrices et sécrétoires. Ce résultat général des observations cliniques, rationnellement d'accord avec l'interprétation de toutes les circonstances hygiéniques et pharmaceutiques qui naissent du séjour à Cransac et de l'usage des eaux, suffit pour éclairer les médecins sur les cas où il convient de prescrire vos eaux minérales. C'est ensuite à eux d'examiner toutes les conditions spéciales de chaque malade, qui peuvent indiquer ou contr'indiquer les eaux, comme le devoir de l'inspecteur est de peser aussi toutes les circonstances particulières

de la maladie de chaque individu , pour déterminer
le choix des sources, la quantité d'eau de chaque es-
pèce qui doit être administrée , et même les médicaments adjuvants de l'effet des eaux qu'il faut donner,
suivant les indications *à juvantibus et nocentibus.*
Vous concevez que je ne puis, sur toutes ces choses,
exprimer d'opinion arrêtée. Il s'agit de prononcer ,
dans chaque cas particulier, d'après des circonstances
individuelles. C'est surtout pour les maladies chroniques , qui sont le plus grand nombre de celles qui
exigent l'application des eaux minérales, qu'il est
vrai de dire, qu'on n'a guère à guérir que des indi-
vidus malades , et non des maladies bien déterminées
comme celles qui sont décrites dans les livres.

En résumé, Monsieur et honoré Confrère, je con -
sidère les eaux de Cransac comme un médicament
d'une très grande énergie. Les principes minéraux
qu'elles contiennent en grande proportion leur donnent des propriétés thérapeutiques toutes spéciales
qui leur assurent une efficacité curative qu'on cher-
cherait en vain dans la plupart des eaux minérales
connues. Je crois qu'on peut en obtenir les effets les
plus puissants , si on les administre avec prudence et
sagacité. Je pense que l'utilité de ces eaux est liée à
l'influence du climat où elles se trouvent. Je regarde
comme une circonstance très heureuse la réunion
dans le même lieu de sources de nature différente ,

puisqu'elle permet d'obtenir des effets divers et de graduer l'action des eaux suivant les indications fournies par l'état individuel de chaque malade. Je ne doute pas enfin que les eaux de Cransac ne soient adoptées par beaucoup de médecins pour beaucoup de maladies chroniques, lorsque vous les aurez fait mieux connaître qu'elles ne le sont, par la publication de vos observations pratiques.

Cette lettre est bien longue, trop longue même, je voudrais poutant, si vous la publiez, comme vous m'en exprimez le désir, qu'elle ne fût pas scindée. Je serai très honoré que vous la placiez à côté de vos observations médicales.

J'ai l'honneur d'être, avec une parfaite considération,

Monsieur et très honoré confrère,

Votre tout devoué

A.-.N. **GENDRIN**,
Médecin de l'Hôpital de la Pitié.

Paris, ce 15 mai 1847.

www.ingramcontent.com/pod-product-compliance
Lightning Source LLC
Chambersburg PA
CBHW061729180626
46818CB00006B/2531